A REVOLUÇÃO DOS BICHOS

EM HQ

A REVOLUÇÃO DOS BICHOS

EM HQ

GEORGE ORWELL

ADAPTAÇÃO EM QUADRINHOS
LILLO PARRA E **CHAIRIM**

Editora
do Brasil

© Editora do Brasil S.A., 2021
Todos os direitos reservados
Adaptação e roteiro © Lillo Parra
Ilustrações © Chairim

Direção-geral: Vicente Tortamano Avanso

Direção editorial: Felipe Ramos Poletti
Gerência editorial: Gilsandro Vieira Sales
Edição: Paulo Fuzinelli
Assistência editorial: Aline Sá Martins
Apoio editorial: Maria Carolina Rodrigues
Supervisão de artes: Andrea Melo
Edição de arte: Daniela Capezzuti
    Colorização das HQs: Chairim, Flávio Soares e Tebahta Speakman
    Projeto gráfico e editoração eletrônica: Estúdio Caraminhoca
    Edição: Denis Antonio e Sergio Alves
    Capa: Chairim e Estúdio Caraminhoca
Supervisão de revisão: Dora Helena Feres
Revisão: Flávia Gonçalves
Supervisão de controle de processos editoriais: Roseli Said

Dados Internacionais de Catalogação na Publicação (CIP)
(Câmara Brasileira do Livro, SP, Brasil)

Orwell, George, 1903-1950
    A revolução dos bichos em HQ / George Orwell ;
adaptação em quadrinhos Lillo Parra e [ilustrações]
Chairim. -- 1. ed. -- São Paulo : Editora do Brasil,
2021. -- (HQ Brasil)

ISBN 978-65-5817-714-2

    1. Ficção juvenil 2. Histórias em quadrinhos
I. Parra, Lillo. II. Chairim. III. Título IV. Série.

21-72378   CDD-741.5

Índices para catálogo sistemático:
1. Histórias em quadrinhos 741.5
    Maria Alice Ferreira - Bibliotecária - CRB-8/7964

1ª edição / 4ª impressão, 2023
Impresso na Gráfica Plena Print

Rua Conselheiro Nébias, 887
São Paulo, SP – CEP: 01203-001
Fone: +55 11 3226-0211
www.editoradobrasil.com.br

ASSOCIAÇÃO
BRASILEIRA
DOS DIREITOS
REPROGRAFICOS

Respeite o direito autoral

APRESENTAÇÃO

A linguagem dinâmica e muito convidativa das histórias em quadrinhos é um dos meios mais eficazes de trazer os leitores para o universo das grandes narrativas. Os muitos clássicos literários que a humanidade produziu podem aparecer adaptados e potencializados em novas manifestações artísticas e novos gêneros textuais. Assim, ler ou reler um clássico conhecido e respeitado mundialmente adaptado para HQ é uma experiência fantástica e pode ser uma grande (re)descoberta!

Este livro é a realização de um projeto pensado e concebido com muito cuidado e respeito pela obra original que o inspirou. George Orwell, pseudônimo do escritor Eric Arthur Blair, é o grande responsável por essa narrativa, que experimentou um retumbante sucesso praticamente desde seu lançamento, em 1945. *A revolução dos bichos*, um de seus livros mais famosos, critica os absurdos dos regimes absolutistas que assolaram o mundo no século XX e o faz por meio de ficção, mais especificamente, de uma fábula, na qual bichos têm comportamento humano. Desiludido pela forma com que o tão sonhado socialismo praticado por alguns países e blocos se afastou dos ideais iniciais, George Orwell resolveu escrever essa fábula justamente para satirizar e denunciar os desmandos totalitários desses governos.

Assim, com toda a paixão que tinha por política e literatura, Orwell imprimiu nesse texto sua revolta com a capacidade humana de subjugar outros humanos, mesmo quando os princípios parecem nobres. Assim, a Fazenda Animal, esse local maravilhoso em que nasce uma rebelião sem precedentes, virou uma espécie de símbolo do fracasso político da época e um lugar obscuro em que os ideais de justiça social e igualdade de direitos parecem ter, infelizmente, naufragado.

Esta adaptação em quadrinhos de uma das histórias mais célebres de todos os tempos preserva a emoção, a revolta e o tom de denúncia do texto original, e acrescenta a ele a narrativa visual das ilustrações, executadas com primor e baseadas em um roteiro minucioso, que envolveu intensa pesquisa. É com muito orgulho, portanto, que trazemos aos leitores esta história mundialmente conhecida e aclamada como uma das maiores fábulas políticas de todos os tempos: *A revolução dos bichos*. Boa leitura!

SUMÁRIO

CAPÍTULO 1

HIC!

HOMENS COMO O SR. JONES, QUE ENRIQUECE ÀS CUSTAS DOS NOSSOS ESFORÇOS!

ESTA FAZENDA PODE COMPORTAR O DOBRO DE ANIMAIS QUE HOJE TEMOS!

E COM COMIDA FARTA!

MAS PARA ISSO, CAMARADAS, TEMOS QUE DESTRUIR NOSSO INIMIGO!

NENHUM ANIMAL DA INGLATERRA SERÁ LIVRE...

...ENQUANTO NÃO NOS LIVRARMOS DO HOMEM!

TUDO O QUE ANDA SOBRE DUAS PERNAS É NOSSO INIMIGO!

E TUDO O QUE ANDA SOBRE QUATRO PERNAS OU POSSUI ASAS É NOSSO AMIGO!

TODOS OS ANIMAIS SÃO IGUAIS!

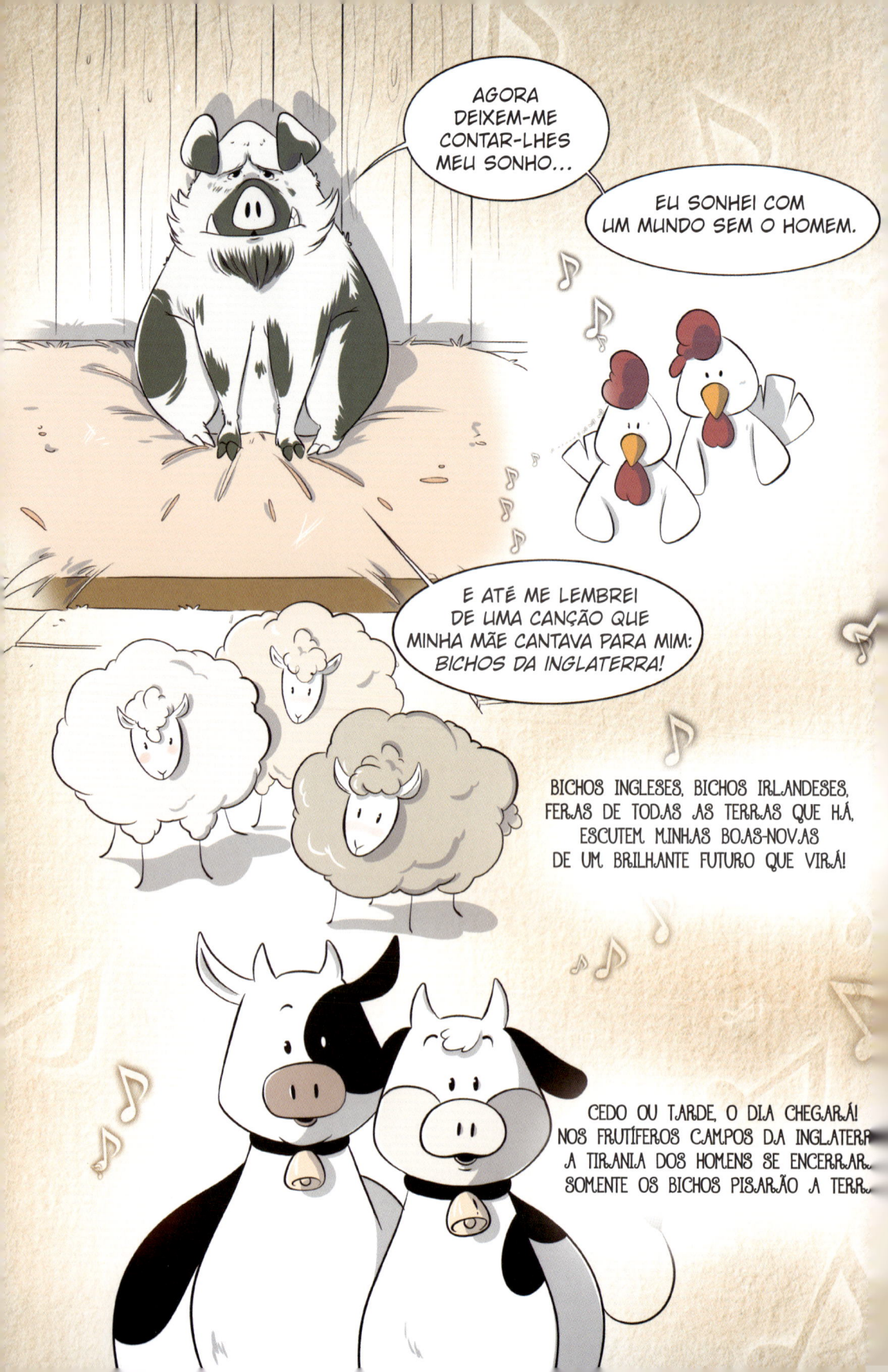

ARGOLAS DE NOSSOS NARIZES SUMIRÃO,
E OS ARREIOS DE NOSSAS COSTAS,
FREIOS E ESPORAS PARA SEMPRE DESCANSARÃO.
CRUÉIS CHIBATADAS NÃO MAIS ESTALARÃO!

MAIS RICOS DO QUE
SE PODE IMAGINAR,
AVEIA, FENO, PASTO E FEIJÃO.
GRÃOS DE TRIGO E DE CEVADA
SERÃO NOSSOS A PARTIR DE ENTÃO.

O BRILHO SURGIRÁ NOS CAMPOS INGLESES,
DOCES SEUS VENTOS SOPRARÃO.
PURAS SERÃO SUAS ÁGUAS
NO DIA EM QUE NOS LIBERTARÃO.

LUTEMOS POR ESSE DIA
ATÉ A MORTE NOS QUEBRAR.
VACAS, CAVALOS, GANSOS E PERUS,
TODOS UNIDOS PELA LIBERDADE.

BICHOS INGLESES, BICHOS IRLANDESES,
FERAS DE TODAS AS TERRAS QUE HÁ,
ESCUTEM MINHAS BOAS-NOVAS
DE UM BRILHANTE FUTURO QUE VIRÁ!

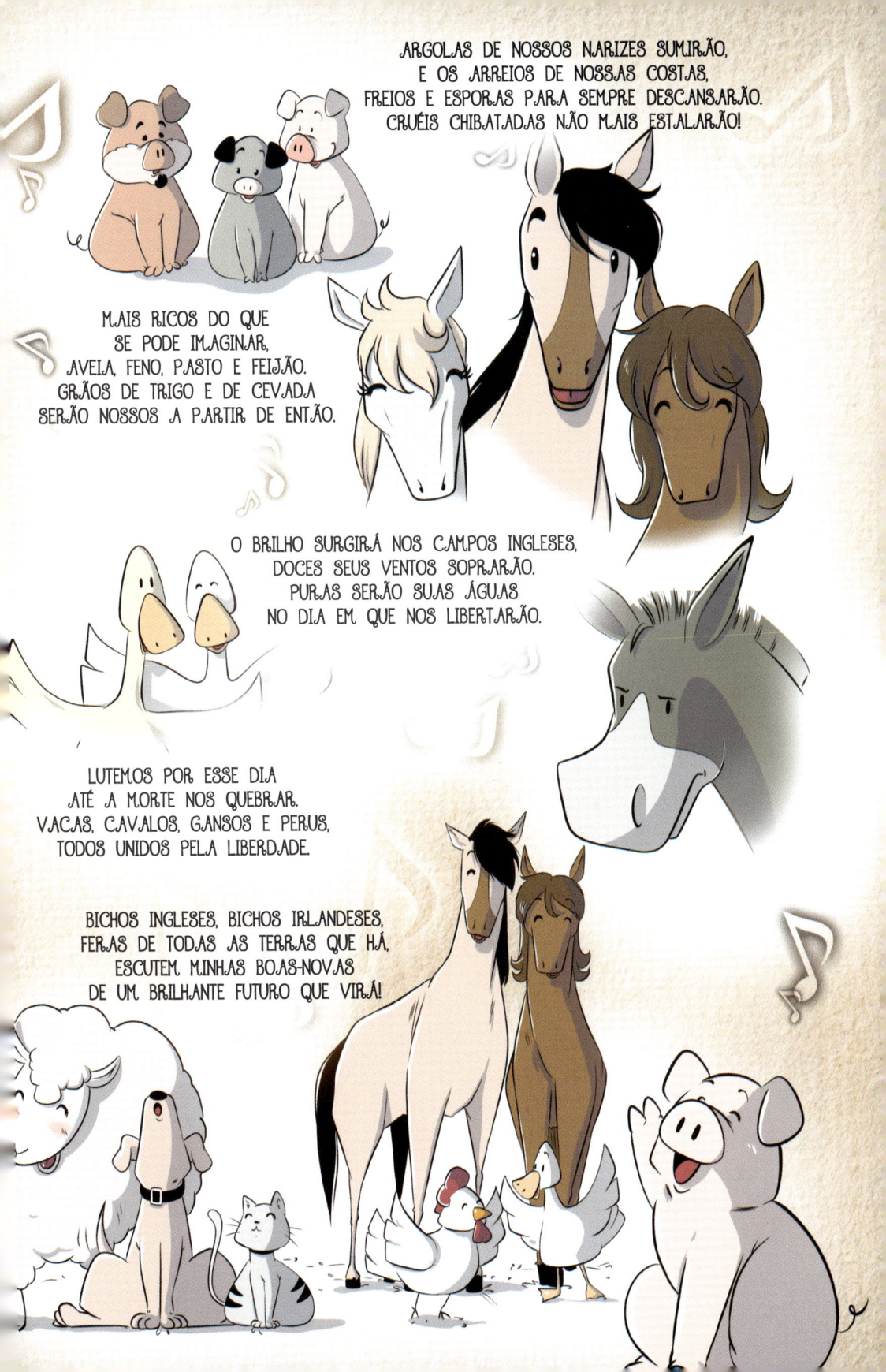

CAPÍTULO 2

ENTÃO É AÇÚCAR O QUE VOCÊ QUER, QUERIDA?

POIS EXISTE UM MUNDO ALÉM DAS NUVENS, PARA ONDE TODOS NÓS IREMOS DEPOIS DA MORTE, EM QUE AS MONTANHAS SÃO FEITAS DE BALAS DE AÇÚCAR!

NÃO DÊEM OUVIDOS AO CORVO MOISÉS! TAL MUNDO NÃO EXISTE!

NÃO SE PREOCUPE COM ELE, CAMARADA BOLA DE NEVE. SUA HORA ESTÁ PRÓXIMA!

TALVEZ VOCÊ ESTEJA CERTO, "CAMARADA" NAPOLEÃO...

OU TALVEZ NÃO!

VAMOS PARAR COM ESSA BAGUNÇA JÁ!!!

GLUP!

A PARTIR DE HOJE, CAMARADAS, UM NOVO MUNDO VIRÁ!

TODAS AS MARCAS DE NOSSOS TIRANOS SERÃO DESTRUÍDAS!

NENHUM ANIMAL VESTIRÁ QUALQUER COISA FEITA PELO HOMEM!

A CASA DOS HOMENS SE TORNARÁ UM MUSEU.

FECHA!

E NENHUM DE NÓS VAI MORAR LÁ.

A FAZENDA, CAMARADAS, AGORA É DE TODOS!

BICHOS INGLESES, BICHOS IRLANDESES,
FERAS DE TODAS AS TERRAS QUE HÁ,
ESCUTEM MINHAS BOAS-NOVAS
DE UM BRILHANTE FUTURO QUE VIRÁ!

ARGOLAS DE NOSSOS NARIZES SUMIRÃO,
E OS ARREIOS DE NOSSAS COSTAS,
FREIOS E ESPORAS PARA SEMPRE DESCANSARÃO.
CRUÉIS CHIBATADAS NÃO MAIS ESTALARÃO!

MAIS RICOS DO QUE SE PODE IMAGINAR,
AVEIA, FENO, PASTO E FEIJÃO.
GRÃOS DE TRIGO E DE CEVADA
SERÃO NOSSOS A PARTIR DE ENTÃO.

BICHOS INGLESES, BICHOS IRLANDESES,
FERAS DE TODAS AS TERRAS QUE HÁ,
ESCUTEM MINHAS BOAS-NOVAS
DE UM BRILHANTE FUTURO QUE VIRÁ!

cocoricó!

NESSES MESES TODOS, EM SIGILO, APRENDEMOS A LER E ESCREVER, MEUS CAMARADAS!

O MUNDO QUE QUEREMOS, O MUNDO QUE CONSTRUIREMOS, OS PRINCÍPIOS DO ANIMALISMO...

OH!

UAU!

...PODEM SER RESUMIDOS EM SETE MANDAMENTOS!

1 - QUALQUER COIZA QUE ANDE SOBRE DUAS PATAS É INIMIGO.

2 - O QUE ANDAR SOBRE QUATRO PERNAS, OU POSSUIR ASAS, É AMIGO.

3 - NENHUM ANIMAL USARÁ ROUPA.

4 - NENHUM ANIMAL DORMIRÁ EM CAMA.

5 - NENHUM ANIMAL BEBERÁ ALCOL.

6 - NENHUM ANIMAL MATARÁ OUTRO ANIMAL.

7 - TODOS OS ANIMAIS SÃO IGUAIS.

VOU LÊ-LOS PARA VOCÊS.

E AGORA, CAMARADAS, AO TRABALHO!

!!

!

PARECE-ME QUE TEMOS UM PROBLEMA, CAMARADA.

MUUU!

CHUCK! CHUCK! CHUCK!

CAPÍTULO 3

ABECEDÁRIO

SABER

TODOS OS ANIMAIS

PRA QUEM SÃO?

O QUE SÃO?

SÃO PARA OS PORCOS?

VAMOS COMER?

E O LEITE?

ALGUÉM VIU O LEITE?

ORA, CAMARADAS... VOCÊS NÃO ESTÃO PENSANDO QUE QUEREMOS ESTAS MAÇÃS EM BENEFÍCIO PRÓPRIO, NÃO É?

AS MAÇÃS, ASSIM COMO O LEITE, SÃO ESSENCIAIS AO FUNCIONAMENTO DO NOSSO CÉREBRO!

E NÃO SOU EU QUEM DIZ ISSO. É A CIÊNCIA!!! POR ISSO OS MISTURAMOS AO NOSSO FARELO.

PARA QUE CONTINUEMOS PENSANDO, E PLANEJANDO, E COMANDANDO TODO O FUNCIONAMENTO DAS COISAS...

POR QUE, SE FALHARMOS, SABEM QUEM VOLTARÁ? SABEM?

!

CÓ!

JONES, CAMARADAS! JONES VOLTARÁ!

É ISSO QUE VOCÊS QUEREM?

!!

QUATRO PERNAS BOM, DUAS PERNAS RUIM!!!

CAPÍTULO 4

ANIMAIS ACIMA DE TODOS !

43

POF!

ESSES FILHOTES JÁ DESMAMARAM, CAMARADAS?

S... SIM, CAMARADA NAPOLEÃO.

POIS EU MESMO CUIDAREI DE SUA EDUCAÇÃO! ELES VÊM COMIGO AGORA!

ALGUMA OBJEÇÃO?

N... NÃ... NÃO, CAMARADA.

COMO IMAGINEI!

RECUAR! RECUAR!

AVANTE, HOMENS! VAMOS ACABAR COM ELES!

AAAHHHHHHH!!!

HE, HE, HE...

DE QUE VOCÊ ESTÁ RINDO, ANIMAL?

JONES...

DE NOVO?

VITÓRIA, CAMARADAS!

VITÓRIA!!!

MAS NÃO FOI UMA VITÓRIA COMPLETA.

ESSA GUERRA, OS HOMENS QUE FERI... EU NÃO QUERIA ISSO.

SEM SENTIMENTALISMO, CAMARADA!

HUMANO BOM É HUMANO MORTO!

E QUE A MORTE DE NOSSA CAMARADA NÃO SEJA EM VÃO!

VOCÊ VIU A ROSINHA?

ESTÁ ESCONDIDA DESDE QUE A BATALHA COMEÇOU!

ESTAMOS AQUI ESTA TARDE PARA HONRAR COM A RECÉM-CRIADA CONDECORAÇÃO MILITAR HERÓI ANIMAL - PRIMEIRA CLASSE...

CAMARADAS!

...PELOS SEUS ATOS DE INQUESTIONÁVEL BRAVURA, OS CAMARADAS SANSÃO E BOLA DE NEVE!

À NOSSA COMPANHEIRA MORTA, ATRIBUÍMOS A HERÓI ANIMAL - SEGUNDA CLASSE!

VIVA!

VIVA O ANIMALISMO!

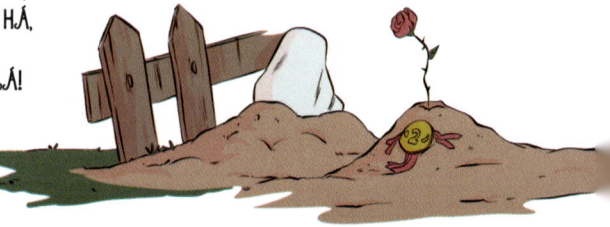

BICHOS INGLESES, BICHOS IRLANDESES, FERAS DE TODAS AS TERRAS QUE HÁ, ESCUTEM MINHAS BOAS-NOVAS DE UM BRILHANTE FUTURO QUE VIRÁ!

CAPÍTULO 5

UM NOVO MUNDO VIRÁ!

TOC!
TOC!

CAMARADA BOLA DE NEVE!

O QUE FOI, CAMARADA?

ROSINHA FUGIU!!!

COMO ASSIM, FUGIU?

EU A VI, CAMARADA, NA CERCA, DEIXANDO UM EMPREGADO DE FOXWOOD FAZER FESTA EM SEU FOCINHO!!!

SE ELA FUGIU COM ELE, LOGO SABEREMOS.

O QUE É ISSO RISCADO NO CHÃO?

UMA NOVA COMISSÃO? UM NOVO PROJETO?

OH!

CAMARADAS! ESTAMOS REUNIDOS NESTE DOMINGO PARA DECIDIRMOS A QUESTÃO DO ARMAMENTO!

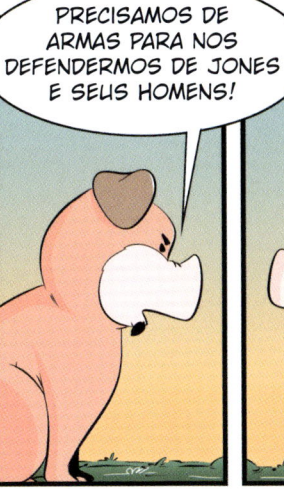

PRECISAMOS DE ARMAS PARA NOS DEFENDERMOS DE JONES E SEUS HOMENS!

DISCORDO, CAMARADA!

NÓS...

BÉÉÉÉ!!! QUATRO PERNAS BOM, DUAS PERNAS RUIM!

COMO EU DIZIA... SE ESPALHARMOS A REVOLUÇÃO POR TODAS AS FAZENDAS, NÃO PRECISAREMOS NOS DEFENDER!

HUNF...

E O MOINHO, CAMARADA?

É VERDADE O QUE DIZEM?

PODEMOS VER?

CAMARADAS! É CHEGADO O DIA DA...

QUATRO PERNAS BOM, DUAS PERNAS RUIM!

CALEM-SE!!!

A ELETRICIDADE, CAMARADAS, TRARÁ UMA NOVA ERA!

DEBULHADORAS, CEIFEIRAS E ARADOS MOVENDO-SE POR SI!

CADA BAIA TERÁ SUA PRÓPRIA LUZ E UM AQUECEDOR ELÉTRICO!

TRABALHEMOS HOJE PARA UM AMANHÃ GLORIOSO, CAMARADAS!

AGORA, O CAMARADA NAPOLEÃO IRÁ EXPOR SEUS ARGUMENTOS.

OINC!

GGGRRRRRRRRRRR!!!!

A PARTIR DE HOJE, ESTÃO EXTINTAS AS REUNIÕES DOMINICAIS.

UMA COMISSÃO DE PORCOS PRESIDIDA POR MIM DECIDIRÁ TODAS AS QUESTÕES E AS COMUNICARÁ A TODOS.

ISSO É UM ABSURDO!

QUEM DECIDIU QUE...

GGGRRRR!

GLUP!

O CAMARADA DEDÃO PASSARÁ AS NOVAS INSTRUÇÕES.

A PARTIR DE AGORA, AOS DOMINGOS, DESFILAREMOS EM MEMÓRIA DO NOSSO GRANDE CAMARADA MAJOR!

APÓS O DESFILE, CANTAREMOS

BICHOS DA INGLATERRA.

OS ANIMAIS RECEBERÃO, ENTÃO, AS INSTRUÇÕES DA SEMANA.

ACREDITO QUE TODOS COMPREENDEM O ENORME SACRIFÍCIO DO CAMARADA NAPOLEÃO.

TOMAR PARA SI TAL RESPONSABILIDADE...

MAS SE ELE NÃO DECIDIR POR VOCÊS...

HE HE

...VOCÊS CERTAMENTE TOMARÃO AS DECISÕES ERRADAS.

HÁ POUCOS MINUTOS, ISSO QUASE ACONTECEU! JÁ PENSOU SE TIVESSEM DADO OUVIDOS AO BOLA DE NEVE?

LOGO ELE, QUE AGORA TODOS SABEMOS QUE ERA UM INIMIGO!

MAS ELE FOI VALENTE NA BATALHA DO ESTÁBULO, COMO PODE SER NOSSO INIMIGO?

VALENTIA NÃO É TUDO! LEALDADE E OBEDIÊNCIA É O QUE IMPORTA, CAMARADAS!

UM DIA VEREMOS QUE O PAPEL DE BOLA DE NEVE NA BATALHA FOI SUPERESTIMADO.

DISCIPLINA, CAMARADAS! DISCIPLINA!!!

TOC!

TOC!

NÃO PODEMOS DAR NENHUM PASSO EM FALSO!

O INIMIGO NOS ESPREITA E AGUARDA O MOMENTO DE ATACAR.

E AÍ, CAMARADAS, SABEM O QUE ACONTECERÁ?

?

JONES VOLTARÁ!!!

SE O CAMARADA NAPOLEÃO AGE ASSIM, É PORQUE ELE DEVE ESTAR CERTO!

O CAMARADA NAPOLEÃO TEM SEMPRE RAZÃO!

QUATRO PERNAS BOM!

DUAS PERNAS RUIM!

Napoleão constrói

Compre da Fazenda Animal

MAS O CAMARADA NAPOLEÃO NÃO ERA CONTRA???

MATOR

AÍ É QUE ESTÁ, CAMARADA!

ELE FINGIU SER CONTRA A CONSTRUÇÃO DO MOINHO APENAS PARA LIVRAR-SE DE BOLA DE NEVE.

AQUELE CRIMINOSO ROUBOU O PROJETO QUE, NA VERDADE, ERA DE NAPOLEÃO!

NAPOLEÃO SEMPRE TEM RAZÃO! CONSTRUIREMOS O MOINHO!

E COMO FAREMOS ISSO?

TRABALHAREI AINDA MAIS, CAMARADA!

ESTAREMOS EM NOSSA RESIDÊNCIA, SE PRECISAREM.

NEGOCIAR COM HUMANOS! HUMPF!

E ESSA HISTÓRIA DE MORAR NA CASA DE JONES?

DIZEM QUE ATÉ EM CAMA ELES DORMEM!

EU TENHO CERTEZA DE QUE HAVIA ALGO ESCRITO SOBRE ISSO!

VAMOS VER O QUE ESTÁ ESCRITO!

OS MANDAMENTOS!

CAMARADAS! OLHEM!!!

ROOOINNNNC...

CAMARADAS! VEJAM ISSO!

FUNC! FUNC!

EU RECONHEÇO ESSE CHEIRO A QUILÔMETROS DE DISTÂNCIA.

ESSAS SÃO AS PEGADAS DO NOSSO INIMIGO!

INIMIGO QUE, NA CALADA DA NOITE, SORRATEIRAMENTE...

...DESTRUIU NOSSO MOINHO E NOSSOS SONHOS!

ESSAS SÃO AS PEGADAS DE...

BOLA DE NEVE !!!

CÓ!

BÉ!

CUAC!

MU!

MAS NOSSO INIMIGO NÃO PERDE POR ESPERAR, CAMARADAS!

HOJE MESMO COMEÇAREMOS A RECONSTRUÇÃO DO MOINHO!

AVANTE, CAMARADAS!

VIVA A FAZENDA ANIMAL!!!

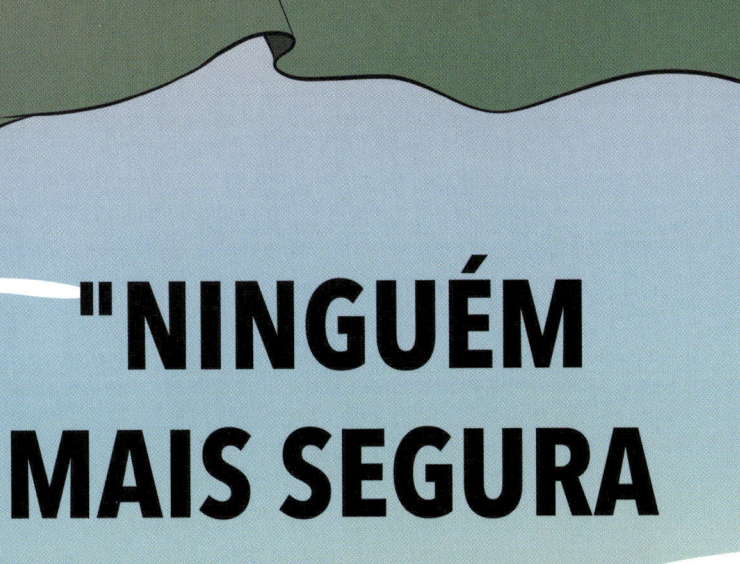

CAPÍTULO 7

"NINGUÉM MAIS SEGURA ESTA FAZENDA"

(NAPOLEÃO)

O QUE ANDAM DIZENDO, NAPOLEÃO, É QUE A FAZENDA ANIMAL...

...ESTÁ NA MAIS COMPLETA PENÚRIA!

DIZEM ISSO PORQUE QUEREM NOSSO ESTOQUE DE MADEIRA. ASSIM QUE O VENDERMOS, O BOATO CESSARÁ.

MAS FIQUE À VONTADE PARA CONFERIR COM SEUS PRÓPRIOS OLHOS, WHYMPER!

?

HUM... ESSA PORÇÃO EXTRA DE RAÇÃO ESTÁ ÓTIMA!

HUM... ESTÁ MESMO!!!

DE ONDE SAIU TANTA COMIDA?

NÃO SAIU!

ERNESTO VIU QUANDO ENCHERAM AS TULHAS DE AREIA E COLOCARAM UNS POUCOS GRÃOS POR CIMA.

E AS GALINHAS? CONTINUAM TRANCADAS?

FALE BAIXO! ELAS CONTINUAM TRANCADAS E SEM COMIDA...

...DESDE QUE SE RECUSARAM A BOTAR OVOS!

NÃO PRECISAM FALAR BAIXO, CAMARADAS!

AS GALINHAS NÃO ESTÃO PRESAS PORQUE SE RECUSARAM A BOTAR OVOS.

MAS SIM PORQUE SE RECUSARAM A COLABORAR COM O BEM COMUM!

PIEDADE...

ABRAM!

OH!

BÉ!

QUE HORROR!!!

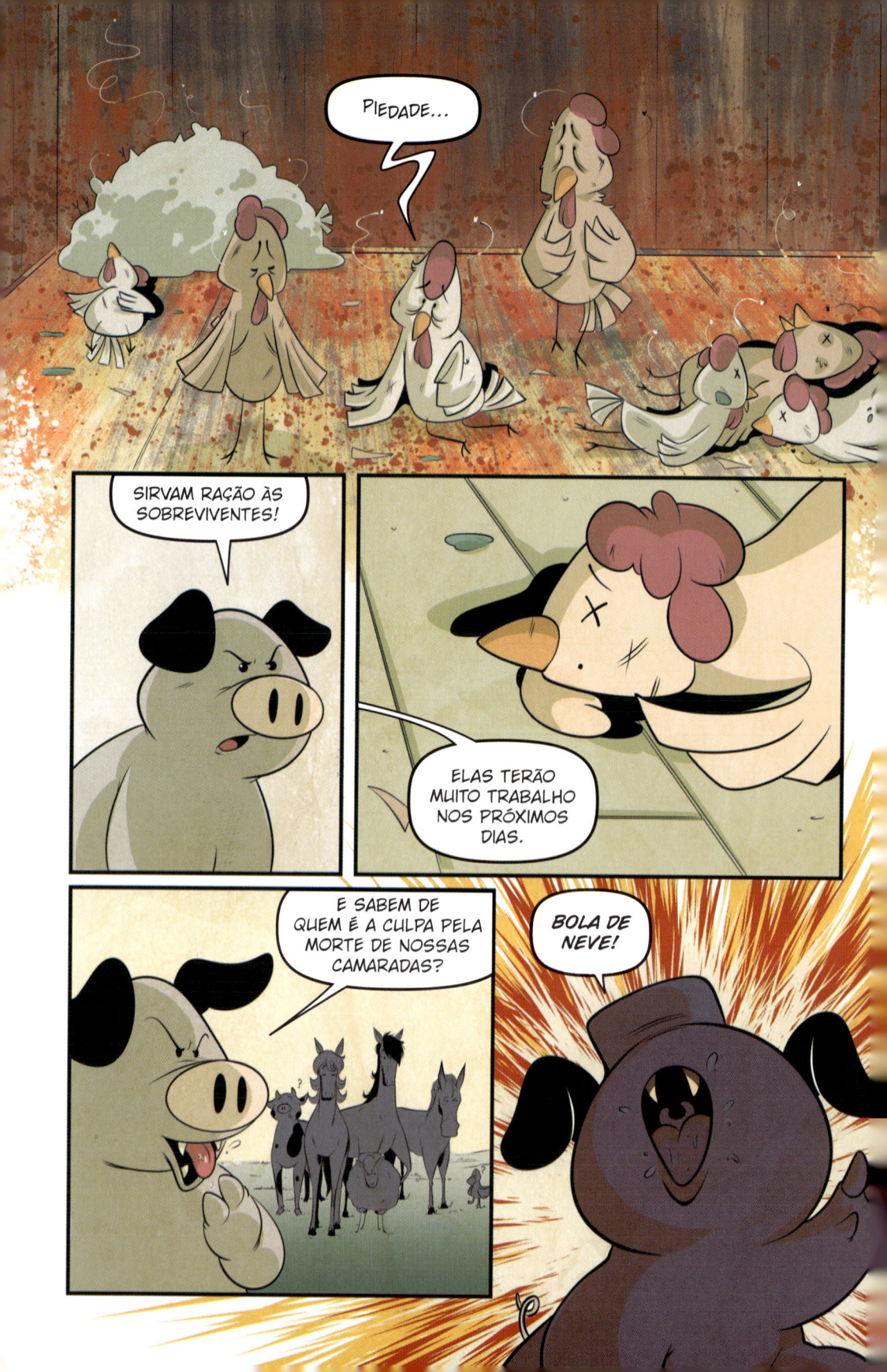

EU NÃO ACREDITO NISSO!

NÃO O DEFENDO PELO QUE ACONTECEU DEPOIS, MAS NA BATALHA ELE AGIU COM VALENTIA!

VALENTIA?

ELE FOI FERIDO!

DE RASPÃO! ERA TUDO PARTE DO ACORDO.

IMPOSSÍVEL!

FOI O CAMARADA NAPOLEÃO QUE AFIRMOU: BOLA DE NEVE ERA UM AGENTE DUPLO!

BEM... ASSIM É DIFERENTE... NAPOLEÃO TEM SEMPRE RAZÃO!

QUE BOM QUE TUDO FICOU ESCLARECIDO.

MAS FIQUEM ATENTOS, CAMARADAS!

TEMOS RAZÕES PARA ACREDITAR QUE BOLA DE NEVE TEM ESPIÕES INFILTRADOS NA FAZENDA!

LUTEMOS POR ESSE DIA
ATÉ A MORTE NOS QUEBRAR.
VACAS, CAVALOS, GANSOS E PERUS,
TODOS UNIDOS PELA LIBERDADE.

O BRILHO SURGIRÁ NOS CAMPOS INGLESES,
DOCES SEUS VENTOS SOPRARÃO.
PURAS SERÃO SUAS ÁGUAS
NO DIA EM QUE NOS LIBERTARÃO.

MAIS RICOS DO QUE SE PODE IMAGINAR,
AVEIA, FENO, PASTO E FEIJÃO.
GRÃOS DE TRIGO E DE CEVADA
SERÃO NOSSOS A PARTIR DE ENTÃO.

ARGOLAS DE NOSSOS NARIZES SUMIRÃO,
E OS ARREIOS DE NOSSAS COSTAS,
FREIOS E ESPORAS PARA SEMPRE DESCANSARÃO.
CRUÉIS CHIBATADAS NÃO MAIS ESTALARÃO!

CEDO OU TARDE, O DIA CHEGARÁ!
NOS FRUTÍFEROS CAMPOS DA INGLATERRA,
A TIRANIA DOS HOMENS SE ENCERRARÁ.
SOMENTE OS BICHOS PISARÃO A TERRA.

BICHOS INGLESES, BICHOS IRLANDESES,
FERAS DE TODAS AS TERRAS QUE HÁ,
ESCUTEM MINHAS BOAS-NOVAS
DE UM DOURADO FUTURO QUE VIRÁ!

CAPÍTULO 8

GRANDE AMIGO DOS DESVALIDOS,
SENHOR DO BALDE DE LAVAGEM,
MINH'ALMA ARDE QUANDO TE CONTEMPLA
TÃO CALMO E SOBERANO
COMO O SOL QUE DOMA O CÉU,
NAQUELA IMENSA VASTIDÃO,
OH, CAMARADA NAPOLEÃO!

ÉS NOSSO DOADOR E NOSSO IRMÃO,
DANDO-NOS O QUE TODOS AMAM:
BARRIGA CHEIA E PALHA LIMPA!
TODO ANIMAL GRANDE OU PEQUENO
DORME NA PAZ DE TEU SEIO,
JÁ QUE POR NÓS SEMPRE OLHAS
OH, CAMARADA NAPOLEÃO!

COMO ESTÁ A CONSTRUÇÃO DO NOVO MOINHO?

QUASE TERMINADA, CAMARADA.

E OS BOATOS SOBRE UM ATAQUE À NOSSA FAZENDA?

CESSARAM.

MAS O SR. FREDERICK FICOU BASTANTE SURPRESO COM O CANCELAMENTO DA NEGOCIAÇÃO.

E QUANDO SOUBE QUE FECHAMOS NEGÓCIO COM O SR. PILKINGTON, DEIXOU CLARO SEU DESCON-TENTAMENTO.

ELES JÁ RETIRARAM A MADEIRA?

NESTA MANHÃ, CAMARADA.

E O PAGAMENTO?

COMO EXIGIDO...

EM DINHEIRO VIVO!

DEDÃO, CONVOQUE OS ANIMAIS!

BANG!

BANG!

BANG!

NÃO FUJAM! PREPAREM-SE PARA O ATAQUE.

?

WHISKY

BANG!

BANG!

ELES ESTÃO TENTANDO DERRUBAR O MOINHO?

COM PICARETAS? NUNCA CONSEGUIRÃO!

RAÇÃO EXTRA E UMA MAÇÃ A CADA UM DE VOCÊS! VAMOS CELEBRAR!!!

BZZ... BZ... BZZZ...

VOCÊS PODEM COMEMORAR À VONTADE!

NÓS PORCOS VAMOS NOS REUNIR PARA... PLANEJARMOS A RECONSTRUÇÃO DO MOINHO.

TRUCO!

QUEM É LADRÃO?

HÁ! HÁ! HÁ! HÁ! HÁ!

CRAS! TUM!

O QUE FOI ISSO???

VEIO DETRÁS DO CELEIRO!

VAMOS INVESTIGAR!

CAMARADA DEDÃO?!

AI! AI! UI!

VENHA! VAMOS CUIDAR DESSES FERIMENTOS.

HUMPF!

1 - Qualquer coisa que ande sobre duas patas é inimigo.
2 - O que andar sobre quatro pernas, ou possuir asas, é amigo.
3 - Nenhum animal usará roupa.
4 - Nenhum animal dormirá em cama com lençol.
5 - Nenhum animal beberá álcool em excesso.
6 - Nenhum animal matará outro animal sem motivo.
7 - Todos os animais são iguais.

CAPÍTULO 9

TRANSFORMAR A FAZENDA EM UMA REPÚBLICA ANIMALISTA PRÓSPERA, RICA E PODEROSA SOB A LIDERANÇA DE NOSSO LÍDER, O CAMARADA NAPOLEÃO!

UM PARAÍSO DE FELICIDADE APÓS UMA VIDA ÁRDUA! É ISSO, MEUS IRMÃOS, O QUE VOS AGUARDA!

QUEM DEIXOU ESSE CORVO VOLTAR AQUI COM SUAS LOUCURAS APÓS TODOS ESSES ANOS?

O SEU LÍDER, O CAMARADA NAPOLEÃO!

MAS NÃO É O PRÓPRIO CAMARADA NAPOLEÃO QUE DIZ SER UMA BOBAGEM TUDO ISSO?

POIS É...

DIGA-ME COM SINCERIDADE, QUERIDO AMIGO...

O CAMARADA NAPOLEÃO FICOU PESSOALMENTE ABALADÍSSIMO COM A NOTÍCIA!

NOSSO MAIS LEAL CAMARADA... NÃO MEDIREMOS ESFORÇOS, PODE TER CERTEZA!

AMANHÃ MESMO O LEVAREMOS A UM HOSPITAL NA CIDADE!

MAS, POR ENQUANTO, DESCANSE, CAMARADA!

OBRIGADO, CAMARADA.

VOCÊS OUVIRAM? LOGO ESTAREI CURADO, TENHO CERTEZA!

CAMARADAS! É COM IMENSO PESAR...

...QUE INFORMO QUE, APESAR DE TODOS OS CUIDADOS MÉDICOS, NOSSO CAMARADA SANSÃO FALECEU!

CORRERAM BOATOS DE QUE A CARROÇA DO CARNICEIRO O LEVOU...

ISSO NÃO É VERDADE!

AQUELA CARROÇA REALMENTE PERTENCEU AO CARNICEIRO...

...MAS FOI RECENTEMENTE COMPRADA PELO HOSPITAL...

...QUE AINDA NÃO A REPINTOU!

ENTRE LOGO, IMBECIL! QUER QUE TODOS O VEJAM?

DEIXE NA SALA E SUMA DAQUI!

CRASH!

HA! HA! HA! HA! HA! HA! HA! HA!

...NUM MUNDO EM QUE TODOS ACREDITAM?

FAZENDA ANIMAL, REVOLUÇÃO DOS BICHOS, NENHUM DE NÓS JAMAIS TE FARÁ MAL!

EU ESTOU VELHA E QUASE CEGA, QUERIDO AMIGO.

APOIE-SE EM MIM, QUERIDA.

121

VENHA, ERNESTO. QUERO LHE PERGUNTAR UMA COISA.

NUNCA FUI CAPAZ DE LER O QUE ESTAVA ESCRITO AÍ. MAS, MESMO COM MEUS OLHOS NUBLADOS, TENHO A IMPRESSÃO...

...DE QUE OS SETE MANDAMENTOS JÁ NÃO SÃO OS MESMOS.

ESTOU CERTA?

TODOS OS ANIMAIS SÃO IGUAIS, MAS ALGUNS SÃO MAIS IGUAIS QUE OUTROS.

SIM, QUERIDA. VOCÊ ESTÁ CERTA.

PRIMEIRO FORAM OS PORCOS ANDANDO SOB DUAS PATAS...

E AGORA ESSES HUMANOS FUÇANDO EM TUDO! O QUE SERÁ QUE ESTÁ ACONTECENDO?

NÃO SEI. MAS, SE VOCÊ QUISER, PODEMOS DESCOBRIR.

COMO FAREMOS ISSO?

OS BURROS VIVEM MUITO! TEMOS TEMPO PARA EXPLORAR TODOS OS CAMINHOS.

NÓS TAMBÉM PODEMOS IR?

!

SIGAM-NOS!

RÁPIDO!

SHIIIU...

NÃO FAÇAM BARULHO!

PREZADOS SENHORES!

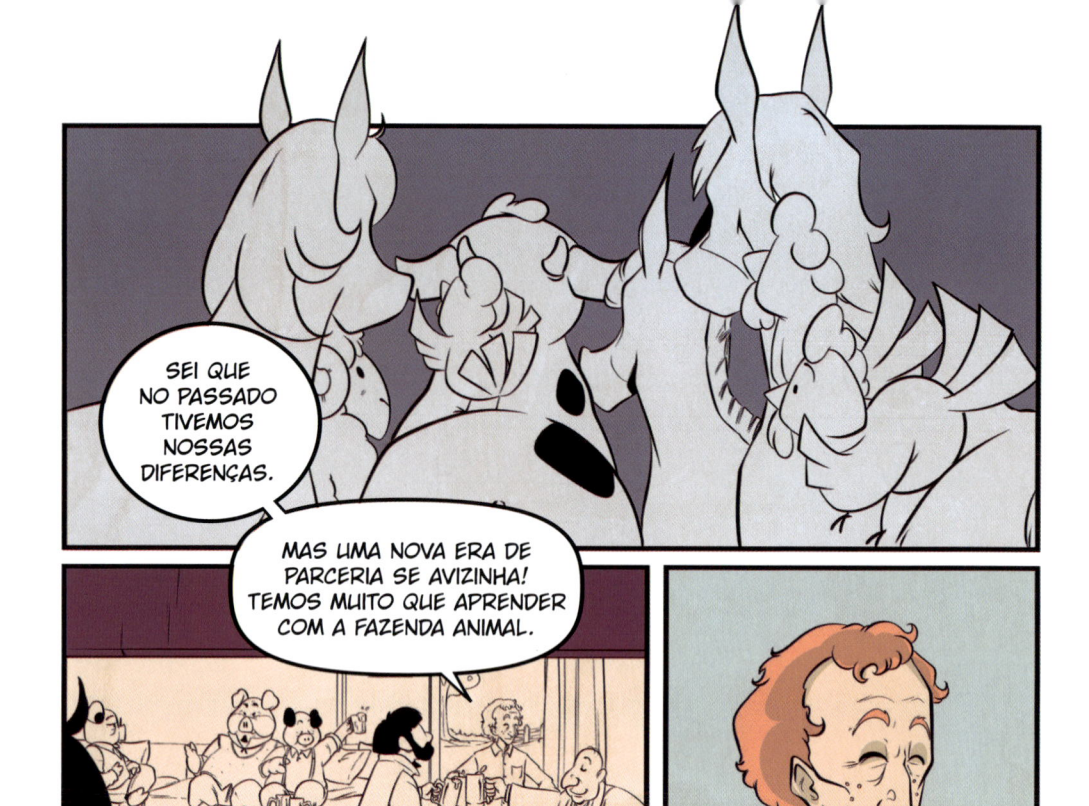

SOBRE A OBRA

"*A revolução dos bichos* foi o primeiro livro em que, com plena consciência do que fazia, tentei fundir, em um todo, o propósito político com o propósito artístico."

Publicada pela primeira vez em 1945, *A revolução dos bichos* é uma fábula que retrata as relações de poder e critica – de modo irônico e satírico (mas sem nos afastar da realidade) – a constituição e afirmação de um governo totalitarista. Foi originalmente escrita por George Orwell, jornalista e escritor inglês, contemporâneo dos desdobramentos da Revolução Russa escancarados nas metáforas de sua narrativa. Egoísmo, autoritarismo e corrupção são revelados na pele dos singelos animais desta fazenda que, aos poucos, se assemelham cada vez mais aos protagonistas do contexto social e político da época – e que certamente se encaixam assustadoramente a muitos personagens dos tempos contemporâneos.

Orwell escolheu a linguagem da fábula para que sua crítica fosse claramente compreendida, e a recheou de farta ironia satírica para fisgar o leitor naquilo que lhe é mais caro: a autoidentificação. É impossível passar pela obra de Orwell sem se dar conta da alegoria que o autor construiu com sutileza e exatidão e identificar ali as raízes de pensamentos torpes de uma casta que pretende ser melhor do que os outros – portanto, "merecedora" de qualquer tipo de privilégio. O comportamento dos porcos, por exemplo, causa indignação e repugnância ao leitor. Isso porque

provoca uma reflexão acerca dos nossos próprios pensamentos, já que aquilo que nos incomoda é a assustadora semelhança com os comportamentos humanos mais execráveis.

Em *A revolução dos bichos* há ainda um componente crucial, que subverte o convencional das fábulas – nas quais apenas os animais possuem características humanas: na obra de Orwell, a atitude social, que humaniza os bichos, é a mesma que animaliza os homens.

A obra faz uma crítica contundente e aguda a toda espécie de totalitarismo quando aponta as características dos governantes que distorcem os preceitos de igualdade e praticam ditaduras cruéis, estabelecendo o favorecimento de poucos em detrimento de muitos, o inverso de uma sociedade em que o respeito à condição humana é o foco dos agentes políticos escolhidos pelo povo.

Nesta adaptação para a linguagem de histórias em quadrinhos, tanto o roteirista Lillo Parra quanto a ilustradora Chairim assumiram o desafio gigantesco de dar cor e voz a este livro que é um dos libelos mais contundentes sobre a liberdade e o respeito, sentimentos que devem reger quaisquer ações que pretendam dar voz e permitir possibilidades de educação e de uma vida de qualidade a todos os habitantes do planeta.

"Nenhum livro, repita-se, está genuinamente livre de viés político. A opinião de que a arte não deve ter nada a ver com política é, em si, uma atitude política."

GEORGE ORWELL

George Orwell é o pseudônimo de Eric Arthur Blair. Ele nasceu em Motihari, na então Índia Britânica, em 25 de junho de 1903. Ainda muito jovem, mudou-se com sua família para a Inglaterra. Um dos autores que marcou a vida desse jovem foi H. G. Wells (1866-1946), com o romance *Uma utopia moderna*. Em sua juventude, chegou a ter aulas de francês com Aldous Huxley, autor de *Admirável mundo novo*, por um breve período, mas isso não configurou uma amizade. Em 1922, mudou-se para assumir um cargo oficial na Polícia Imperial Indiana da Birmânia. Em 1927, demitiu-se do trabalho já com a ideia de sobreviver como escritor. De volta à Inglaterra, passou um tempo fazendo pesquisas, chegando a viver como uma pessoa pobre, o que lhe permitiu escrever desse mesmo ponto de vista. No ano seguinte, 1928, mudou-se para Paris e ali também precisou se submeter a muitos tipos de trabalho para sobreviver; nesse período, a publicou artigos em importantes jornais da capital francesa.

Além de escritor, atuou como jornalista e ensaísta. Grande parte de seus escritos revela uma sofisticada ironia e um perspicaz bom humor, e sempre, em suas obras, está presente a crítica social contundente e expressiva. Orwell lutou contra as desigualdades sociais e os totalitarismos que permearam seu tempo. Esta obra aqui adaptada, por exemplo, foi uma forma de resistência ao stalinismo, regime de absoluto terror travestido de ilusão. Em *A revolução dos bichos*, ele assumiu um tom aparentemente leve, com destaque para a estupidez humana, a fim de construir uma fábula quase anedótica sobre as falácias da humanidade.

"Tornei-me pró-socialista mais por desgosto com a maneira com que os setores mais pobres dos trabalhadores industriais eram oprimidos e negligenciados do que devido a qualquer admiração teórica por uma sociedade planificada", escreveu em seu autobiográfico "Prefácio à edição ucraniana de *Animal Farm*" (1947), assumindo suas posições políticas à época.

Sempre escreveu diversos gêneros de textos, como crônicas, ensaios, resenhas, críticas literárias e até poesia. Mas suas obras mais conhecidas são os romances, como *A revolução dos bichos*, aqui apresentado, e o igualmente famoso *1984*, um percurso distópico que atesta os absurdos da condição humana quando as pessoas são levadas a seus limites. Orwell é considerado, pela crítica mundial, um dos grandes nomes da literatura inglesa de todos os tempos.

A revolução dos bichos funde os dois modos de se contar uma história que aqui se explicitam: as fábulas moralizantes e a sátira política. Ray Bradbury, autor do clássico de ficção científica *Fahrenheit 541*, na introdução de uma das edições da obra, caracteriza assim o livro de Orwell: "A melhor sátira já escrita sobre a face sombria da história moderna".

A permanência de sua obra é tão evidente que seu nome se tornou adjetivo. Situações extremas e um tanto absurdas ou totalitarismos políticos são hoje referidos como orwellianos.

Orwell faleceu em Londres, Reino Unido, em 21 de janeiro de 1950, de tuberculose. Tinha apenas 46 anos de idade. Em sua lápide, consta somente seu nome real, sem referência ao pseudônimo que o marcou como um dos maiores escritores – de enorme sucesso editorial – de todos os tempos.

Romances:
- *Na pior em Paris e Londres* (1933);
- *Dias na Birmânia* (1934);
- *A filha do reverendo* (1935);
- *Moinhos de vento* (1936);
- *Um pouco de ar, por favor!* (1939);
- *A revolução dos bichos* (1945);
- *1984* (1949).

LILLO PARRA

Meu nome é Lillo Parra e sou um contador de histórias (e corintiano). A primeira lembrança que tenho de futebol é do dia 13 de outubro de 1977, quando meu time conquistou o Campeonato Paulista depois de 23 anos de jejum: eu estava no cangote do meu pai e um mar preto e branco invadiu as ruas da minha vila, na Zona Leste de São Paulo. Eu tinha 5 anos e até hoje me lembro daquela sensação.

A primeira lembrança que tenho de quadrinhos é – também – em preto e branco: os gibis *Tex* do meu pai, ainda publicados pela Editora Vecchi. Entre o mar de corintianos nas ruas da minha vida e as cores de giz que decidi dar aos faroestes, não se passaram nem três meses. Eu me lembro do olhar do meu pai ao ver seus gibis coloridos daquela maneira. E me lembro do medo que senti. Mas não levei uma sova. Naquele dia, meu pai me levou à feira e, numa esquina, entre uma barraca de verduras e outra de batatas, havia uma barraquinha cheia de gibis. Começava ali algo que me acompanharia até os dias de hoje. Eu ainda não sabia ler, mas isso pouco importava. Aquilo que não entendia apenas olhando as figuras, eu inventava. E, assim, criei todas as histórias da minha vida.

Quando jovem, eu odiei *A revolução dos bichos*. Não consegui entender suas metáforas, já que vivíamos a redemocratização e minha utopia estava bem viva. E, assim, num decreto autocrático, sentenciei que a obra não era boa.

Porém, com a depuração da memória, as cores vermelhas desbotaram e o que ficou gravado de *A revolução dos bichos* foi uma dura crítica ao autoritarismo. A toda espécie de totalitarismo. E exatamente por isso devo ter demorado uns 15 ou 20 segundos para aceitar o convite da Editora do Brasil, que veio em boa hora para eu me redimir de minhas opiniões precipitadas.

O que vocês têm em mãos é o resultado de uma leitura que aquele menino de 16 anos foi incapaz de fazer à época, num mundo diferente do que foi sonhado. A adaptação conta com o belíssimo traço da Chairim. De uma percepção notável, ela cria um mundo delicioso onde os sonhos são possíveis e a Fazenda Animail será, de fato, um lugar em que todos serão tratados como iguais, do pequeno camundongo ao majestoso cavalo, onde a delicadeza deixará de ser sonho para tornar-se, então, uma cínica máscara do horror num mundo onde todos são iguais, porém alguns são mais iguais que outros.

CHAIRIM

Meu nome é Chairim, tenho 34 anos, paulistana, residente em Limeira, interior do estado de São Paulo. Sou formada em Design Gráfico pela Universidade Paulista de Campinas e, atualmente, estou cursando Letras na Uninter. Além das formações de graduação, tenho no currículo diversos cursos de artes, o que colabora diretamente para meu trabalho. Já atuei em agências de publicidade e atualmente estou envolvida na produção de quadrinhos e ilustrações, tanto impressos quanto digitais.

Entre meus trabalhos estão *As aventuras da Bruxinha Mô*, *Mare Rosso*, *Crisálida*, *Red+18*. Também tenho colaborações em coletâneas como *Os mundos de Jack Kirby*, *Vertigo – Além do limiar* e *Mulheres & Quadrinhos*. Em 2019, concorri aos prêmios HQ Mix e Ângelo Agostini e participei de diversos eventos de quadrinhos, como FIQ, CCXP e Gibicon.

Quando recebi o convite para desenhar uma adaptação de *A revolução dos bichos*, de George Orwell, eu havia acabado de reler o livro. Estava tudo quente, fervilhando dentro de mim. Os livros do Orwell costumam causar isso em mim, e poder transportar um pouco do que ele escrevia para meus desenhos foi uma experiência incrível!

A revolução dos bichos tem esse ar de uma aparente "fábula infantil", mas, conforme você segue lendo, logo nota que nada há ali para crianças, porém a história mantém esse tom. E foi pensando nisso que acreditei que manter a proposta de "conto infantil" nos desenhos seria importante para cumprir o que o autor pretendia: reproduzir o conto do lobo na pele de cordeiro... no caso, dos porcos!

Quem passar os olhos por esta HQ, sem ler ou conhecer a história original, verá apenas animais doces, gentis e de carinhas expressivas. Mas, assim como no livro de Orwell, alguns poucos minutos de atenção serão suficientes para se perceber o que a história pretende dizer. É o que espero que os leitores também percebam ao ler esta adaptação, que teve o belo roteiro do Lillo como guia.

Desenhar esses animais foi um misto de sentimentos! Enquanto de um lado eu tinha um grande cuidado com as expressões e características físicas deles, e os via com carinho, do outro, a cada ato em que a história vai se degringolando, eu pensava: Por que os desenhei tão fofos? Não quero matá-los, não quero isso ou aquilo. Por que eles precisam fazer essa maldade? Ai, ai... Foi bem difícil, mas o resultado me deu grande orgulho.

Este livro foi composto com as tipologias American Typewriter, Betty, Nickname, Troika e Wild Words, e impresso em papel couchê para a Editora do Brasil em 2021.